folio
junior

Collection dirigée par Jean-Philippe Arrou-Vignod

Pour en savoir plus :
http://www.cercle-enseignement.fr

H. C. Andersen

La Reine des Neiges

Illustrations de Rémi Courgeon

Traduit du danois par
P. G. La Chesnais

Carnet de lecture
par Hélène Bernard

GALLIMARD JEUNESSE

Pour Ada, Ursule, Chiara

1

Qui traite du miroir et de ses morceaux

Voilà ! nous commençons. Quand nous serons au bout de l'histoire, nous en saurons plus que nous ne savons maintenant ; car c'était un méchant troll[1] ; c'était un des pires, c'était « le diable ». Un jour, il était de très bonne humeur, parce qu'il avait fabriqué un miroir, et ce miroir avait cette propriété[2] que tout le bon et le beau qui s'y réfléchissaient s'y réduisaient à presque rien, mais tout ce qui ne valait rien et avait vilain aspect y ressortait et devenait encore plus vilain. Les plus charmants paysages y avaient l'air d'épinards cuits, et les meilleures gens devenaient repoussants ou se tenaient la tête en bas et n'avaient pas de ventre, les visages étaient dénaturés au point de n'être plus reconnaissables, et si l'on avait une tache de rousseur, on pouvait

1. Troll : dans les légendes scandinaves, créature malveillante habitant dans les montagnes ou les forêts.
2. Propriété : caractéristique.

être sûr que le nez et la bouche en étaient couverts. C'était tout à fait amusant, disait « le diable ». Et si quelqu'un était saisi d'une bonne et pieuse[1] pensée, on voyait dans le miroir une grimace, qui faisait rire le diable-troll de son ingénieuse[2] invention. Tous ceux qui allaient à l'école des trolls, car il y avait une école de trolls, racontaient partout qu'un miracle s'était produit ; on allait enfin voir, disaient-ils, la véritable figure du monde et des gens. Ils couraient de tous côtés avec le miroir, et il n'y eut finalement pas un homme ni un pays qui n'y eût été déformé. Ils voulurent alors voler aussi vers le ciel même pour se moquer des anges et de « Notre-Seigneur ». Plus ils s'élevèrent haut avec le miroir, plus celui-ci grimaça, ils avaient peine à le tenir ; ils volèrent de plus en plus haut, de plus en plus près de Dieu et des anges ; alors le miroir gigota si effroyablement avec ses grimaces qu'il leur échappa des mains et vint s'écraser à terre, où il se brisa en centaines de millions ou en milliards de morceaux et davantage, et ainsi fit beaucoup plus de mal que précédemment ; car plusieurs de ces morceaux n'étaient guère plus gros que des grains de sable et volèrent partout dans le monde, et lorsqu'ils entraient dans les yeux des gens, ils y restaient, et alors on voyait tout défiguré, ou bien

1. Pieuse : qui révèle un grand attachement à Dieu.
2. Ingénieuse : astucieuse.

en toute chose on ne voyait que ce qui était mal, chaque poussière du miroir ayant conservé la propriété qu'avait le miroir entier ; quelques personnes eurent même un petit fragment du miroir qui vint se loger dans leur cœur, et alors, ce fut affreux, leur cœur fut comme un bloc de glace. Quelques morceaux du miroir furent assez grands pour servir de vitres, mais à travers ces vitres-là il n'était pas bon de voir ses amis ; d'autres morceaux furent employés pour des lunettes, et tout allait mal quand des gens prenaient ces lunettes pour bien voir et se montrer équitables[1] ; le malin riait à s'en faire éclater le ventre, ce qui le chatouillait très agréablement. Et dans l'air volaient encore de petits atomes[2] de verre.

Écoutez maintenant.

1. Équitables : justes.
2. Atome : ici, minuscule morceau.

2
Un petit garçon et une petite fille

Dans la grande ville, où il y a tant de maisons et tant de gens que la place n'est pas suffisante pour que tout le monde puisse avoir un petit jardin, et où, par suite, la plupart des gens doivent se contenter de fleurs en pot, deux pauvres enfants avaient tout de même un jardin un peu plus grand qu'un pot de fleurs. Ils n'étaient pas frère et sœur, mais ils s'aimaient autant que s'ils l'avaient été. Les familles habitaient juste en face l'une de l'autre; elles habitaient deux mansardes[1] ; à l'endroit où le toit de l'une des maisons voisines était tout près du toit de l'autre, et où les gouttières couraient le long des avant-toits, une petite fenêtre s'ouvrait dans chacune des maisons; il suffisait d'enjamber les gouttières pour passer d'une fenêtre à l'autre. Chacune des deux familles avait devant sa fenêtre

1. Mansarde : espace aménagé sous le toit.

une grande caisse de bois où poussaient des herbes potagères qui servaient à la cuisine, et un petit rosier ; il y avait un rosier dans chaque caisse, et il poussait à ravir. Puis les parents eurent l'idée de placer les caisses en travers des gouttières, en sorte qu'elles allaient presque d'une fenêtre à l'autre et qu'elles avaient l'air de deux champs de fleurs. Les tiges des pois retombaient sur les caisses, et les rosiers lançaient de longues branches, encadraient les fenêtres, se penchaient l'un vers l'autre ; c'était presque un arc de triomphe[1] de verdure et de fleurs. Comme les caisses étaient très haut situées, les enfants savaient qu'ils ne devaient pas y grimper, mais on leur permettait parfois d'y monter et de s'y rejoindre pour s'asseoir sur leurs petits bancs sous les roses. C'était délicieux de jouer là. Ce plaisir n'existait plus l'hiver. Les fenêtres étaient souvent tout à fait givrées[2], ils chauffaient alors des pièces de cuivre sur le poêle, posaient la pièce chaude sur le carreau glacé, et cela faisait un excellent trou d'observation, tout rond, tout rond ; derrière épiait un œil affectueux, un à chaque fenêtre ; le petit garçon et la petite fille étaient là ; il s'appelait Kay et elle, Gerda. L'été, ils pouvaient se rejoindre d'un bond, l'hiver, il fallait descendre beaucoup d'étages et en remonter autant ; dehors la neige voltigeait.

1. Arc de triomphe : arcade érigée pour célébrer la victoire d'un chef d'armée.
2. Givrées : recouvertes d'une pellicule de neige glacée.

– Ce sont les abeilles blanches qui s'agitent, disait la vieille grand-mère.

– Ont-elles aussi une reine ? demanda le petit garçon, car il savait qu'il y en a une chez les vraies abeilles.

– Il y en a une, dit la grand-mère. Elle vole au milieu du groupe le plus dense[1], c'est la plus grande de toutes, et jamais elle ne reste sur la terre, tout de suite elle repart dans l'épais nuage. Souvent, par les nuits d'hiver, elle court les rues de la ville et regarde dans les chambres en s'approchant des fenêtres, qui gèlent alors étrangement et se couvrent comme de fleurs.

– Oui, je l'ai vue ! dirent les deux enfants, qui surent ainsi que c'était vrai.

– Est-ce que la Reine des Neiges peut venir ici ? demanda la petite fille.

– Elle n'a qu'à venir, dit le garçon, je la mettrai sur le poêle chaud, et elle fondra.

La grand-mère lui caressa les cheveux et raconta d'autres histoires.

Le soir, lorsque le petit Kay fut à demi déshabillé, il grimpa sur la chaise près de la fenêtre et guigna[2] par le petit trou : quelques flocons de neige tombaient dehors, et l'un d'eux, le plus gros de tous, resta au bord de l'une des caisses de fleurs ;

1. Dense : compact.
2. Guigna : regarda en cachette.

ce flocon grandit peu à peu, il finit par devenir une femme vêtue du plus délicieux voile blanc, qui était fait comme de millions de flocons étoilés. Elle était belle et charmante, mais de glace, brillante, aveuglante, et pourtant elle vivait : ses yeux étincelaient comme deux étoiles, mais étaient sans calme ni repos. Elle fit un signe de tête vers la fenêtre et leva la main. Le petit garçon fut effrayé et sauta de la chaise, et alors il sembla qu'un grand oiseau passait devant la fenêtre.

Le lendemain, on eut un grand froid sec…, puis vint le dégel…, puis vint le printemps. Le soleil brillait, des bourgeons se montraient, les hirondelles construisaient leurs nids, les fenêtres s'ouvraient, et les deux enfants furent de nouveau assis dans leur petit jardin, là-haut sur la gouttière, au-dessus de tous les étages.

Les roses fleurirent magnifiquement cette année-là ; la fillette avait appris un psaume[1] où il était question de roses, et c'était aux siennes qu'elle pensait ; elle chanta le psaume au petit garçon, et ils chantèrent ensemble :

Dans les vallées poussent les roses.
L'Enfant Jésus y vient et cause.

1. Psaume : prière religieuse en forme de chant.

Et les enfants se tenaient par la main, baisaient les roses, regardaient la pure lumière du soleil de Dieu, et lui parlaient comme si l'Enfant Jésus eût été là. Quelles charmantes journées d'été, comme c'était délicieux d'être dehors auprès des beaux rosiers qui semblaient ne pas vouloir cesser de donner des fleurs !

Kay et Gerda étaient assis et regardaient un album d'animaux et d'oiseaux, lorsque... l'horloge sonnait exactement cinq heures à la grande tour de l'église... lorsque Kay dit :

– Aïe, ça m'a piqué au cœur ! et j'ai quelque chose dans l'œil !

La fillette le prit par le cou ; il clignota[1] ; non, il n'y avait rien à voir.

– Je crois que c'est parti, dit-il.

Mais ce n'était pas parti. C'était justement une de ces poussières de verre éclatées du miroir, nous nous le rappelons bien, le miroir de troll, la vilaine glace qui rendait petit et laid tout ce qui s'y réfléchissait de beau et de bon, tandis que tout ce qui était bas et vil[2], tout défaut quelconque y ressortait tout de suite. Le pauvre Kay avait aussi reçu un grain jusque dans le cœur, et son cœur allait bientôt devenir comme un bloc de glace. Il ne ressentait plus aucun mal, mais le verre était là.

1. Clignota : cligna de l'œil.
2. Vil : mauvais.

– Pourquoi pleures-tu ? demanda-t-il. Tu es laide comme ça. Pfuh !

Et il cria soudain :

– Cette rose est mangée par un ver ; et regarde comme celle-là pousse de travers ; ce sont de sales roses, en somme ; elles ressemblent aux caisses où elles sont !

Et il donna un coup de pied dans la caisse et arracha les deux roses.

– Kay, qu'est-ce que tu fais ? cria la fillette.

Et, la voyant épouvantée, il arracha encore une rose et rentra vite par sa fenêtre, laissant la gentille petite Gerda.

Lorsqu'elle vint ensuite avec le livre d'images, il lui dit que c'était bon pour les bébés. Et, si la grand-mère racontait des histoires, il trouvait toujours à y redire. Même, quand il pouvait s'arranger pour cela, il marchait derrière elle, et parlait comme elle ; c'était tout à fait ça, et les gens riaient. Il sut bientôt suivre et imiter tout le monde dans la rue. Tout ce qui était singulier[1] et peu plaisant chez les gens, Kay savait l'imiter et l'on disait : « Il est intelligent, ce garçon-là ! » Mais c'était le verre entré dans son œil et le verre qu'il avait dans le cœur qui produisaient cet effet, et il taquina même la petite Gerda, qui l'aimait de toute son âme.

Ses jeux devinrent tout autres qu'auparavant, ils

1. Singulier : original.

furent sérieux. Un jour d'hiver, comme il neigeait fort, il sortit une grande loupe, tendit un coin de sa veste bleue, pour y faire tomber quelques flocons.

– Regarde dans le verre, Gerda, dit-il, et chaque flocon devint beaucoup plus gros et eut l'air d'une fleur magnifique ou d'une étoile à dix côtés ; c'était superbe.

– Vois-tu, comme c'est curieux. C'est bien plus intéressant que les vraies fleurs. Et il n'y a pas là le moindre défaut, les flocons sont parfaits, tant qu'ils ne fondent pas.

Un peu après, Kay arriva, les mains dans de gros gants et portant son traîneau sur le dos, il dit à Gerda, en lui criant dans les oreilles :

– On m'a permis d'aller sur la Grand-Place, où les autres jouent ! Et il partit. Souvent, sur la place, les garçons les plus hardis[1] attachaient solidement leur traîneau à la voiture d'un paysan et le suivaient ainsi un bon bout de chemin. C'était amusant. Comme le jeu allait son train, arriva un grand traîneau, il était entièrement blanc, et une personne enveloppée dans une fourrure blanche, coiffée d'un bonnet de fourrure blanc, y était assise ; elle fit deux fois le tour de la place, et Kay accrocha prestement[2] son petit traîneau à la grande voiture, et les voilà glissant de conserve[3]. La course

1. Hardis : courageux et audacieux.
2. Prestement : rapidement.
3. De conserve : ensemble.

fut de plus en plus rapide et mena dans la rue voisine ; la personne qui conduisait tourna la tête, fit à Kay un signe de tête amical, on aurait dit qu'ils se connaissaient ; chaque fois que Kay voulait détacher son petit traîneau, cette personne lui faisait signe de nouveau, et Kay restait assis ; ils franchirent la porte de la ville. La neige se mit alors à tomber si dru que le petit garçon ne pouvait voir sa main devant lui ; et il lâcha vite la corde pour se dégager du grand traîneau, mais rien n'y fit, son petit traîneau était bien accroché, et l'on courait comme le vent. Il cria très fort, mais personne ne l'entendit, et la neige cinglait[1] et le traîneau filait ; parfois un soubresaut se produisait, la route semblait pleine de fossés et de bosses. Kay était épouvanté, il voulut dire son Notre Père[2], mais il ne put se rappeler que la grande table de multiplication.

Les flocons grossirent de plus en plus, ils finirent par être comme de grandes poules blanches ; soudain, elles firent un écart, le grand traîneau s'arrêta, et la personne qui le conduisait se leva, son manteau et son bonnet de fourrure n'étaient que de la neige ; c'était une dame, grande, svelte[3], d'une blancheur éclatante, c'était la Reine des Neiges.

1. Cinglait : fouettait.
2. Notre Père : prière adressée à Dieu.
3. Svelte : mince et souple.

– Nous avons fait un bon bout de chemin, dit-elle, mais tu as froid ? Viens te fourrer dans ma peau d'ours.

Et elle le prit dans son traîneau, étendit sur lui sa fourrure, et Kay crut disparaître dans un amas de neige.

– As-tu encore froid ? demanda-t-elle, et elle lui baisa le front.

Aïe, c'était plus froid que la glace, et il en fut pénétré jusqu'à son cœur, qui pourtant était déjà presque un bloc de glace ; il lui sembla qu'il allait mourir… mais cela ne dura qu'un instant, puis il en éprouva du bien ; il ne ressentit plus la froidure qui l'entourait.

– Mon traîneau ! n'oublie pas mon traîneau !

C'est à quoi il pensa tout d'abord ; et le traîneau fut attaché à l'une des poules blanches, qui vola derrière eux en le portant sur son dos. La Reine des Neiges baisa Kay encore une fois ; alors il oublia la petite Gerda et sa grand-mère et tout le monde chez lui.

– Tu n'auras pas d'autre baiser, dit-elle, car un de plus te tuerait. Il la regarda, elle était belle, il ne pouvait imaginer un visage plus rayonnant d'intelligence et de charme, elle n'avait plus l'air de glace, comme lorsqu'elle avait été à sa fenêtre et lui avait fait signe ; à ses yeux elle était parfaite, il ne sentait aucune crainte, il lui raconta qu'il savait calculer de tête, même avec les fractions, qu'il connaissait la surface des pays, et le nombre des habitants, et elle souriait tout le temps. Et il parut à Kay que tout ce qu'il savait n'était tout de même pas suffisant, et il regarda en l'air dans le vaste espace, et elle s'envola avec lui, s'envola haut jusque sur le nuage noir, et l'orage gronda et mugit, on aurait dit qu'il chantait de vieilles chansons. Ils volèrent au-dessus de forêts et de lacs, de mers et de pays ; au-dessous d'eux le vent froid sifflait, les loups hurlaient, la neige étincelait, les corneilles[1] noires croassaient, mais tout en haut brillait la lune grande et claire, et Kay la contempla toute cette longue nuit d'hiver ; le jour venu, il dormait aux pieds de la Reine des Neiges.

1. Corneille : oiseau proche du corbeau, mais plus petit.

3

Le jardin fleuri de la femme qui s'entendait à la magie

Mais où est la petite Gerda, maintenant que Kay ne reparaît plus ? Où donc était-il ? Personne n'en savait rien, personne ne pouvait donner de ses nouvelles. Les garçons racontaient seulement qu'ils l'avaient vu attacher son petit traîneau à un autre, grand et magnifique, qui s'était engagé dans la rue et qui était sorti de la ville. Personne ne savait où il était, on versa beaucoup de larmes, la petite Gerda pleura longtemps ; puis on lui dit qu'il était mort, qu'il s'était noyé dans la rivière qui coule tout près de la ville ; oh, combien les jours d'hiver furent longs et sombres.

Enfin vint le printemps avec un soleil plus chaud.

– Kay est mort et disparu, dit la petite Gerda.

– Je ne le crois pas, dit le soleil.

– Il est mort et disparu, dit-elle aux hirondelles.

– Je ne le crois pas, répondirent-elles, et la petite Gerda finit par ne pas le croire non plus.

– Je vais mettre mes souliers rouges neufs, dit-elle, un matin, ceux que Kay n'a jamais vus, et puis j'irai à la rivière et je l'interrogerai.

Il était de très bonne heure ; elle embrassa la vieille grand-mère qui dormait, mit les souliers rouges et sortit de la ville toute seule et parvint à la rivière.

– Est-il vrai que tu m'as pris mon petit camarade de jeu ? Je te ferai cadeau de mes souliers rouges, si tu veux me le rendre.

Et les vagues, lui sembla-t-il, lui firent étrangement signe ; elle prit alors ses souliers rouges, ce qu'elle possédait de plus cher, et les jeta tous deux dans la rivière, mais ils tombèrent près du bord, et les petites vagues les ramenèrent aussitôt vers elle à terre, on aurait dit que la rivière, n'ayant pas le petit Kay, ne voulait pas prendre ce que Gerda possédait de plus cher ; mais Gerda crut qu'elle n'avait pas jeté les souliers assez loin, et alors elle monta dans une barque qui était au milieu des roseaux, elle alla jusqu'au bout de la barque et lança les souliers. Or, la barque n'était pas solidement attachée, le mouvement que lui avait imprimé[1] Gerda l'éloigna de la rive ; la petite s'en aperçut et se dépêcha de revenir, mais elle n'avait pas atteint l'avant que

1. Imprimé : donné.

déjà la barque était à une aune[1] de la terre, et glissa ensuite encore plus vite.

La petite Gerda fut très effrayée et se mit à pleurer, mais personne ne l'entendit que les moineaux, et ils ne pouvaient pas la ramener à terre, ils volèrent seulement le long de la rive et chantèrent, comme pour la consoler: « Nous voici, nous voici ! » La barque suivit le courant; la petite Gerda resta immobile avec ses pieds déchaussés; les petits souliers rouges flottaient derrière, mais ne pouvaient atteindre la barque, qui allait plus vite.

C'était joli sur les deux rives, on voyait de belles fleurs, de vieux arbres et des coteaux[2] avec des moutons et des vaches, mais pas un être humain.

« Peut-être la rivière me conduit-elle vers le petit Kay », se dit Gerda, ce qui la mit de meilleure humeur; elle se leva et regarda pendant des heures les charmantes rives vertes; elle parvint ainsi à un grand verger de cerisiers, où il y avait une petite maison avec de drôles de fenêtres rouges et bleues et un toit de chaume; et devant la maison deux soldats de bois présentaient les armes à ceux qui passaient en bateau.

Gerda les appela, elle croyait qu'ils étaient vivants, mais, naturellement, ils ne répondirent pas; elle

1. Aune: ancienne mesure de longueur qui équivaut à 1,20 mètre.
2. Coteau: petite colline.

arriva tout près d'eux, la rivière poussait la barque tout droit vers la terre.

Gerda cria encore plus fort, et de la maison sortit une vieille, vieille femme sur un bâton à crochet ; elle portait un grand chapeau de soleil où des fleurs ravissantes étaient peintes.

– Pauvre petite enfant ! dit la vieille femme ; comment es-tu venue dans cette grande rivière au courant si fort et as-tu fait un long chemin dans le vaste monde ?

Et la vieille femme entra dans l'eau, accrocha son bâton au bateau, qu'elle tira, et prit Gerda qu'elle mit à terre.

Gerda était heureuse de retrouver le sol, mais elle avait un peu peur de la vieille femme inconnue. Celle-ci lui dit :

– Viens me raconter qui tu es et comment tu es venue ici.

Et Gerda raconta tout ; et la vieille branlait[1] la tête et disait : « Hm ! Hm ! » et lorsque Gerda eut tout dit et eut demandé si la vieille n'avait pas vu le petit Kay, la femme dit qu'il n'était pas passé devant chez elle, mais qu'il viendrait bien, que Gerda ne devait pas se chagriner, mais goûter à ses cerises et regarder ses fleurs, qui étaient plus belles que tous les livres d'images et savaient chacune raconter une histoire. Et elle prit Gerda par

1. Branlait : secouait.

la main, elles entrèrent toutes deux dans la petite maison et la vieille femme ferma la porte.

Les fenêtres étaient situées haut et les carreaux étaient rouges, bleus et jaunes ; la lumière du jour était singulière à l'intérieur, avec ces couleurs, mais il y avait sur la table de délicieuses cerises, et Gerda en mangea autant qu'elle voulut, car pour cela elle avait du courage.

Et pendant qu'elle mangeait, la vieille femme lui peignait les cheveux avec un peigne d'or, et les cheveux blonds ravissants bouclaient et brillaient autour du petit visage aimable, qui était rond et ressemblait à une rose.

– J'ai toujours eu envie d'avoir une gentille petite fille comme toi, dit la vieille. Tu vas voir comme nous nous tirerons bien d'affaire.

Et à mesure qu'elle peignait les cheveux de la petite Gerda, la fillette oubliait de plus en plus Kay, son camarade de jeu ; car la vieille femme s'entendait à la magie[1], mais elle n'était pas méchante, elle ne faisait un peu de magie que pour son propre plaisir, et pour le moment elle désirait garder la petite Gerda. C'est pourquoi elle sortit dans le jardin et tendit son bâton à crochet vers tous les rosiers : ils avaient beau être en fleur, ils s'enfoncèrent tous dans la terre noire, et l'on ne put plus voir où ils avaient poussé. La vieille craignait que,

1. S'entendait à la magie : connaissait bien la magie.

si Gerda voyait les roses, elle vint à penser aux siennes, à se rappeler le petit Kay, et à déguerpir[1].

Elle conduisit ensuite Gerda dans le jardin fleuri... Oh, quel parfum et quelle splendeur ! toutes les fleurs, et de toutes les saisons, étaient là en pleine floraison ; aucun livre d'images ne pouvait être plus beau et plus varié. Gerda sauta de plaisir et joua jusqu'au moment où le soleil descendit derrière les grands cerisiers, alors elle eut un lit excellent avec des couvertures de soie rouge ornées de violettes bleues, et elle dormit et rêva aussi délicieusement qu'une reine le jour de ses noces.

Le lendemain, elle put de nouveau jouer avec les fleurs au soleil..., ainsi passèrent bien des jours. Gerda connaissait chaque fleur, et, si nombreuses qu'elles fussent, il lui semblait qu'il en manquait une, mais elle ne savait pas laquelle. Comme elle est assise, un jour, et regarde le chapeau de soleil de la vieille femme avec ses fleurs peintes, elle voit que la plus belle est justement une rose. La vieille avait oublié de l'enlever du chapeau lorsqu'elle avait fait disparaître les autres dans la terre. C'est comme ça, on ne pense pas à tout ! « Comment ! se dit Gerda, il n'y a pas ici de roses ! » Et elle courut dans les corbeilles, chercha et chercha, mais n'en trouva pas ; elle s'assit par terre et pleura, mais ses chaudes larmes tombèrent précisément à l'endroit où un

1. Déguerpir : partir.

rosier s'était enfoncé sous terre, et du sol, arrosé de larmes, surgit soudain l'arbuste, aussi fleuri que lorsqu'il s'était enfoncé, et Gerda l'entoura de ses bras, baisa les roses, et pensa aux charmantes roses de chez elle, et en même temps au petit Kay.

– Oh, que de temps j'ai perdu ! dit la fillette. Je devais retrouver Kay… Savez-vous où il est ? demanda-t-elle aux roses. Croyez-vous qu'il soit mort ?

– Il n'est pas mort, dirent les roses. Nous avons été sous la terre, où sont tous les morts, et Kay n'y était pas.

– Merci, dit la petite Gerda.

Et elle alla aux autres fleurs et regarda dans leurs calices[1], et demanda :

– Ne savez-vous pas où est Kay ? Mais chaque fleur, tournée vers le soleil, rêvait de son propre conte ou de sa propre histoire, la petite Gerda entendit de ces histoires un grand nombre, mais aucune fleur ne savait rien sur Kay. Et que disait le lis rouge ?

– Entends-tu le tambour : boum ! boum ! Il n'y a que deux notes, toujours : boum ! boum ! écoute le chant de deuil[2] des femmes ! Écoute l'appel des prêtres !… Dans sa longue robe rouge la femme de l'Indou est debout sur le bûcher, les flammes

1. Calice : enveloppe protectrice du bouton floral.
2. Chant de deuil : chant qui accompagne la mort de quelqu'un.

montent autour d'elle et de son mari mort ; mais la femme de l'Indou pense à l'homme qui est vivant dans la foule qui l'entoure, et dont les yeux brûlent, plus ardents que les flammes ; la femme est atteinte en son cœur par le feu des yeux de cet homme plus que par les flammes qui vont bientôt réduire son corps en cendres. La flamme du cœur peut-elle mourir dans les flammes du bûcher ?

– Je ne comprends rien du tout, dit la petite Gerda.

– C'est mon conte, dit le lis rouge. Que dit le liseron ?

– Au-dessus de l'étroit sentier de montagne se dresse un antique manoir ; le lierre épais grimpe au long des vieux murs rouges, feuille contre feuille, jusqu'au balcon où se tient une charmante fille ; elle se penche sur la balustrade et regarde le chemin. Aucune rose sur sa branche n'est plus fraîche, aucune fleur de pommier qu'emporte le vent n'est plus légère ; elle s'agite, et sa magnifique robe de soie froufroute. « Mais ne va-t-il pas venir ? »

– Est-ce Kay que tu veux dire ? demanda la petite Gerda.

– Je ne parle que de mon conte, de mon rêve, dit le liseron. Que dit le petit perce-neige ?

– Dans les arbres est suspendue par des cordes une planche, c'est une balançoire ; deux gentilles fillettes, avec leurs robes blanches comme neige et de longs rubans de soie verte qui voltigent derrière leurs chapeaux, sont assises et se balancent; le frère, qui est plus grand qu'elles, est debout sur la planche; il a le bras passé autour de la corde pour se tenir, car il a dans une main une petite coupe, dans l'autre un tuyau de pipe, et il souffle des bulles de savon; la balançoire marche, et les bulles volent avec de jolies couleurs irisées; la dernière est encore au bout du tuyau et s'incline sous le vent; la balançoire marche. Le petit chien noir, léger comme les bulles, se dresse sur ses pattes de derrière et veut monter sur la balançoire; elle vole, il tombe, il aboie et se fâche; on en rit, les bulles éclatent…, une planche qui vole, une écume qui se brise, voilà ma chanson!

– Il se peut que ce soit joli, ce que tu racontes là, mais tu le dis d'un ton triste et tu ne nommes pas Kay. Que disent les hyacinthes?

– Il y avait trois charmantes sœurs, toutes menues et diaphanes[1]; l'une avait une robe rouge, la deuxième bleue et la troisième blanche; la main dans la main elles dansèrent près du lac paisible au clair de lune. Elles n'étaient pas des elfes[2], elles étaient filles d'homme. L'air embaumait et les sœurs disparurent dans la forêt. L'air sentit plus fort…, trois cercueils, où gisaient les charmantes filles, sortirent du fourré et glissèrent sur le lac;

1. Diaphanes: d'une apparence très fragile.
2. Elfe: dans les légendes scandinaves, créature imaginaire qui vit dans les airs.

des vers luisants volaient autour comme de petites lumières flottantes. Les danseuses dorment-elles ou sont-elles mortes ?… Le parfum des fleurs dit qu'elles ont vécu. La cloche du soir sonne pour les mortes.

– Tu me désoles, dit la petite Gerda. Tu sens bien fort ; tu me fais penser aux filles mortes ! Hélas ! le petit Kay est-il vraiment mort ? Les roses ont été sous la terre, et elles disent que non.

– Ding, dang ! sonnèrent les cloches de l'hyacinthe. Nous ne sonnons pas pour le petit Kay, nous ne le connaissons pas. Nous ne chantons que notre chanson, la seule que nous sachions.

Et Gerda se tourna vers la renoncule jaune, qui brillait au milieu de ses feuilles vertes luisantes.

– Tu es un petit soleil lumineux, dit Gerda. Dis-moi si tu sais où je peux trouver mon camarade de jeu ? Et la renoncule fut rayonnante et regarda Gerda. Quelle chanson pouvait bien chanter la renoncule ? Il n'y était pas non plus question de Kay.

– Dans une petite maison le soleil de Notre-Seigneur luisait chaud le premier jour du printemps ; ses rayons touchaient le bas du mur blanc du voisin, tout près brillaient les premières fleurs jaunes, or lumineux aux chauds rayons du soleil ; la vieille grand-mère était assise dehors sur sa chaise, sa petite-fille, la pauvre et jolie servante, rentra d'une courte visite ; elle embrassa la grand-mère. Il y avait de l'or, de l'or du cœur, dans ce baiser béni. Or sur les lèvres, or au fond de l'être, or dans l'heure d'aube. Voilà ma petite histoire, dit la renoncule.

« Ma pauvre grand-mère, soupira Gerda. Oui, elle me regrette sûrement, elle s'inquiète de moi, comme elle s'est inquiétée du petit Kay. Mais je rentrerai bientôt, et je ramènerai Kay… Il est inutile que j'interroge les fleurs, elles ne savent que leur propre chanson, elles ne me renseignent pas ! »

Et elle retroussa sa petite robe afin de pouvoir courir plus vite ; mais le narcisse lui donna un coup sur la jambe, comme elle sautait par-dessus ; elle s'arrêta, regarda la haute fleur jaune, et demanda :

– Sais-tu quelque chose, peut-être ? Elle se pencha sur le narcisse. Et que dit-il ?

– Je peux me voir moi-même ! je peux me voir moi-même ! dit le narcisse. Oh, oh, comme je sens bon !… Là-haut, dans la petite mansarde, à demi habillée, se tient une petite danseuse, elle est tantôt sur une jambe, tantôt sur deux, elle est pure fantasmagorie[1] ; de son pied elle envoie promener tout le monde, elle verse de l'eau de la théière sur une pièce d'étoffe, c'est son corset ; … la propreté, c'est une qualité ; la robe blanche est accrochée à

1. Fantasmagorie : représentation imaginaire qui n'est qu'illusion.

la patère[1] ; elle aussi a été lavée au thé, puis séchée sur le toit ; la danseuse met la robe, et autour de son cou le fichu jaune safran, qui fait ressortir la blancheur de la robe. La jambe en l'air ! La voilà dressée sur une seule tige ! je peux me voir moi-même ! je peux me voir moi-même !

– Tout ça m'est bien égal, dit Gerda, ce n'est rien pour moi !

Et elle courut au bout du jardin.

La porte était fermée, mais elle tortilla le crampon rouillé, qui céda, et la porte s'ouvrit, et la petite Gerda, sur ses pieds déchaussés, s'élança dans le vaste monde. Elle se retourna trois fois, mais personne ne la suivait ; bientôt elle ne put plus courir et s'assit sur une grosse pierre, elle regarda autour d'elle et vit que l'été était passé, on était dans l'automne avancé, elle n'avait pu s'en rendre compte, là-bas, dans le beau jardin où il y avait toujours du soleil et les fleurs de toutes les saisons.

« Mon Dieu, que de temps j'ai perdu ! se dit la petite Gerda. Voilà l'automne ! Je n'ose pas me reposer ! »

Et elle se leva pour partir.

Oh, comme ses petits pieds furent meurtris et las[2], et comme tout, alentour, avait l'air froid et

1. Patère : crochet au mur qui sert à suspendre un vêtement.
2. Las : fatigués.

ingrat[1] ; les saules[2] étaient tout jaunes, et le brouillard en tombait goutte à goutte, les feuilles se détachaient l'une après l'autre, seul le prunellier avait des fruits, âpres[3] à vous faire serrer les dents. Oh, comme le vaste monde était gris et rude.

1. Ingrat : laid et triste.
2. Saule : arbre qui pousse dans les lieux humides.
3. Âpres : dont le goût est désagréable et qui raclent la gorge.

4
Prince et princesse

Gerda dut se reposer de nouveau ; et sur la neige, devant elle, une grande corneille sauta ; l'oiseau resta longtemps, la regarda, tournant la tête, puis dit :

– Kra ! kra !... B'jour, ça va ?

La corneille ne pouvait dire mieux, mais elle était très bien disposée à l'égard de la petite fille, et lui demanda où elle allait ainsi toute seule dans le vaste monde. Le mot « seul », Gerda le comprit fort bien, elle sentait mieux que quiconque tout ce qu'il pouvait contenir, elle raconta toute sa vie à la corneille et lui demanda si elle n'avait pas vu Kay.

Et la corneille hocha la tête d'un air réfléchi, et dit :

– Ça se peut ! ça se peut !

– Vraiment, tu crois ! dit la petite fille.

Elle aurait presque étouffé la corneille, tant elle l'embrassa.

– Doucement, doucement ! dit la corneille. Je

crois que ça peut être le petit Kay, mais il t'a sûrement oubliée pour la princesse.

– Il habite chez une princesse ? demanda Gerda.

– Oui, écoute, dit la corneille, mais j'ai bien du mal à parler ta langue. Si tu me comprends quand je parle corneille, je raconterai beaucoup mieux.

– Non, je ne l'ai pas appris, dit Gerda, mais grand-mère le savait, et elle savait aussi le javanais[1].

– Ça ne fait rien, dit la corneille, je raconterai de mon mieux, tant pis si c'est mal dit. Et elle raconta ce qu'elle savait :

– Dans le royaume où nous sommes habite une princesse dont l'intelligence est prodigieuse ; il est vrai qu'elle a lu tous les journaux qui existent dans le monde et qu'elle les a oubliés, tellement elle est intelligente. L'autre jour qu'elle était assise sur le trône ce n'est pas si amusant d'après ce qu'on dit elle se mit à fredonner « Pourquoi ne pas me marier ? »

– Tiens, ça me donne une idée ! s'écria-t-elle. Et elle eut envie de se marier, mais elle voulait un mari capable de répondre avec esprit quand on lui parlait de toutes choses.

Elle convoqua donc toutes les dames de la cour et, lorsqu'elles eurent entendu ce qu'elle voulait, elles en furent enchantées.

1. Javanais : langue parlée sur l'île de Java en Indonésie.

– Chaque mot que je dis est la pure vérité, interrompit la corneille. J'ai une fiancée apprivoisée qui circule librement dans le château, c'est elle qui m'a tout raconté.

Sa fiancée était naturellement aussi une corneille, car la corneille cherche son pareil.

– Les journaux parurent tout de suite avec une bordure de cœurs et le chiffre[1] de la princesse ; on pouvait y lire que tout jeune homme de bonne tournure[2] pouvait se présenter au château et parler à la princesse, et que celui qui parlerait de sorte que l'on pût entendre qu'il était là bien à sa place, et qu'il parlerait le mieux, la princesse le prendrait pour époux… Ah, dit la corneille, tu peux m'en croire, c'est aussi vrai que je suis ici, les gens accoururent, il y eut foule et grande hâte, mais sans succès le premier jour ni le second. Tous ces gens savaient bien parler quand ils étaient dehors dans la rue mais, lorsqu'ils franchissaient la porte du château et voyaient la garde en uniforme argenté, et sur les marches les laquais dorés, et les grandes salles resplendissantes de lumières, ils étaient décontenancés[3] ; et, lorsqu'ils étaient devant le trône où la princesse était assise, ils ne savaient plus rien dire que le dernier mot qu'elle avait prononcé, et qu'elle ne se souciait pas d'entendre de nouveau.

1. Chiffre : assemblage des lettres initiales du prénom et du nom.
2. De bonne tournure : qui a une belle allure.
3. Décontenancés : embarrassés, intimidés.

C'était comme si les gens avaient avalé du tabac à priser[1] qui les aurait hébétés[2], ... jusqu'au moment où, revenus dans la rue, ils pouvaient de nouveau parler. Ils formaient une queue depuis la porte de la ville jusqu'au château. J'ai moi-même été les voir, dit la corneille. Ils finissaient par avoir faim et soif, mais ils n'ont rien reçu au château, pas même un verre d'eau tiède. Quelques-uns des plus malins avaient bien emporté des tartines, mais ils ne partageaient pas avec leurs voisins, car ils se disaient : « Si mon voisin a l'air d'avoir faim, la princesse ne le prendra pas. »

– Mais Kay, le petit Kay, demanda Gerda, quand est-il venu ? Était-il parmi cette foule ?

– Patience, patience ! nous arrivons à lui maintenant. C'était le troisième jour ; il vint un petit personnage sans cheval ni voiture, qui monta d'un pas décidé tout droit au château ; ses yeux brillaient comme les tiens, il avait de beaux cheveux longs, mais des vêtements pauvres.

– C'était Kay ! dit Gerda, ravie. Oh, je l'ai donc trouvé. Et elle battit des mains.

– Il portait un petit havresac[3] sur le dos, dit la corneille.

– Non, c'était sûrement son traîneau, dit Gerda. Car il est parti avec le traîneau.

1. Priser : renifler.
2. Hébétés : engourdis.
3. Havresac : sac à dos.

– C'est bien possible, dit la corneille, je n'y ai pas regardé de si près; mais je sais par ma fiancée apprivoisée que, lorsqu'il est entré dans le château et a vu la garde en uniforme argenté, et, sur les marches, les laquais dorés, il n'a pas été intimidé du tout, il leur a fait un signe de tête et a dit: « Ça doit être ennuyeux de rester sur les marches, j'aime mieux entrer ! » Les salles étaient brillantes de lumières; des excellences[1] et des conseillers secrets marchaient pieds nus et portaient des plats d'or; il y avait de quoi vous impressionner ! Il avait des souliers qui craquaient très fort, mais quand même il marchait sans crainte.

– C'est sûrement Kay, dit Gerda, je sais qu'il avait des souliers neufs, je les ai entendus craquer dans la chambre de grand-mère.

– Certes, ils craquaient bien, dit la corneille. Et hardiment il s'avança vers la princesse, qui était assise sur une perle grande comme une roue de rouet[2]; et toutes les dames de la cour, avec leurs servantes et les bonnes de leurs servantes, et tous les cavaliers avec leurs serviteurs et les domestiques de leurs serviteurs, qui eux-mêmes avaient de petits valets, étaient rangés debout autour d'elle; et plus ils étaient près de la porte, plus leur mine était fière. Le petit valet d'un domestique

1. Excellence: personne de haute importance à la cour.
2. Rouet: machine à filer la laine.

de serviteur, qui va toujours en pantoufles, est presque imposant, tant il se tient fièrement à sa porte.

– Ça doit être affreux, dit la petite Gerda. Et Kay a tout de même eu la princesse ?

– Si je n'avais pas été corneille, je l'aurais prise, bien que je sois fiancé. Il paraît qu'il a parlé aussi bien que je parle quand je m'exprime dans ma langue, c'est ma fiancée apprivoisée qui me l'a dit. Il était intrépide[1] et gentil ; il n'était pas du tout venu pour demander la main de la princesse, mais seulement pour constater l'intelligence de la princesse, qu'il apprécia fort, et la princesse l'apprécia lui-même à son tour.

– Oui, pour sûr, c'était Kay ! dit Gerda, il était si intelligent qu'il savait calculer de tête même les fractions… Oh, ne veux-tu pas m'introduire dans le château ?

– Bon, c'est facile à dire, dit la corneille. Mais comment pouvons-nous le faire ? J'en parlerai avec ma fiancée apprivoisée ; elle pourra nous donner un conseil ; car je dois te dire que régulièrement on ne permet jamais à une petite fille comme toi d'y entrer.

– Si, j'entrerai, dit Gerda. Si Kay entend dire que je suis là, il viendra tout de suite me chercher.

1. Intrépide : courageux.

– Attends-moi là près de l'échalier[1], dit la corneille, qui tourna la tête et s'envola. Elle ne revint que vers le soir, quand la nuit venait.

– Kra ! kra ! dit-elle. Ma fiancée te fait ses meilleurs compliments ; et voici un petit pain pour toi ; elle l'a pris dans la cuisine, où il n'en manque pas, et tu as sûrement faim… Il n'est pas possible que tu entres dans le château, avec tes pieds sans chaussures ; la garde en uniforme argenté et les laquais dorés ne le permettraient pas ; mais ne pleure pas, tu vas y aller tout de même. Ma fiancée connaît un petit escalier dérobé, qui mène à la chambre à coucher, et elle sait où se trouve la clef.

Et elles se rendirent au jardin, dans la grande allée où les feuilles tombaient l'une après l'autre et, lorsque les lumières du château, une à une, se furent éteintes, la corneille conduisit la petite Gerda à une porte de derrière, qui était entrebâillée.

Oh, comme le cœur de Gerda battait d'inquiétude et de désir ; on aurait dit qu'elle allait commettre une mauvaise action, et pourtant elle ne voulait que savoir si c'était bien le petit Kay ; oui, ce devait être lui ; elle pensait à ses yeux vifs, à ses longs cheveux, elle croyait le voir sourire, comme lorsqu'ils étaient assis chez eux sous les roses. Il serait certainement heureux de la voir, d'entendre

1. Échalier : clôture.

quel long chemin elle avait parcouru pour lui, de savoir combien tout le monde avait été désolé quand il n'était pas rentré. Oh, elle éprouvait de la crainte et de la joie.

Les voilà devant l'escalier ; une petite lampe brûlait sur un buffet ; au milieu du parquet se trouvait la corneille apprivoisée qui tournait la tête de tous les côtés et regardait Gerda ; la petite fit la révérence, comme sa grand-mère le lui avait appris.

– Mon fiancé m'a parlé de vous en excellents termes, ma petite demoiselle, dit la corneille apprivoisée, votre *curriculum vitae*[1], comme on dit, est d'ailleurs très touchant... Voulez-vous prendre la lampe, je marcherai devant. Nous irons tout droit, car nous ne rencontrerons personne.

– Il me semble qu'on vient derrière nous, dit Gerda.

Et un bruissement[2] passa près d'elle ; cela semblait venir d'ombres glissant le long du mur, chevaux aux crinières flottantes et aux jambes fines, jeunes chasseurs, dames et messieurs montés.

– Ce ne sont que les rêves, dit la corneille, ils viennent suggérer des idées de chasse à nos souverains[3], c'est tant mieux, car vous pourrez les considérer à votre aise dans leur lit. Mais, dites-moi,

1. *Curriculum vitae* : ensemble des informations qui concernent ce qu'une personne a réalisé au cours de sa vie.
2. Bruissement : bruit très léger.
3. Souverain : roi.

si vous entrez en faveur[1], j'espère que vous vous montrerez reconnaissante.

– Inutile de parler de ça, dit la corneille apprivoisée.

Et elles arrivèrent dans la première salle, tendue de satin rose à fleurs ; les rêves les avaient déjà dépassées, ils couraient si vite que la petite Gerda ne put voir les augustes[2] personnages. Les salles étaient plus magnifiques les unes que les autres ; il y avait de quoi en être abasourdi[3] ; et elles parvinrent à la chambre à coucher. Le plafond y ressemblait à un grand palmier aux feuilles de verre, de verre précieux, et au milieu de la pièce étaient accrochés à une tige d'or deux lits qui étaient comme des lis ; l'un était blanc, la princesse y était couchée ; l'autre était rouge, et c'est dans celui-là que Gerda devait chercher le petit Kay ; elle écarta l'un des pétales rouges et vit un cou brun… Oh, c'est Kay ! Elle l'appela haut par son nom, tendit la lampe vers lui… les rêves bruirent[4] de nouveau à cheval dans la chambre… il se réveilla, tourna la tête, et… ce n'était pas le petit Kay.

Le prince ne lui ressemblait que par le cou, mais il était jeune et beau. Et du lit en forme de lis blanc la princesse jeta un coup d'œil et demanda

1. Si vous entrez en faveur : si vous savez vous faire apprécier.
2. Augustes : importants.
3. Abasourdi : stupéfait.
4. Bruirent : firent entendre de petits bruits.

ce qu'il y avait. Alors la petite Gerda pleura et raconta toute son histoire et tout ce que les corneilles avaient fait pour elle.

– Pauvre petite ! dirent le prince et la princesse, et ils louèrent[1] les corneilles et dirent qu'ils n'étaient pas du tout fâchés contre elles, mais qu'il ne fallait tout de même pas recommencer. Toutefois, elles auraient une récompense.

– Voulez-vous voler librement ? demanda la princesse, ou voulez-vous l'emploi de corneilles de cour avec tous les déchets de la cuisine ?

Et les deux corneilles firent la révérence et demandèrent la charge[2] offerte, car elles pensèrent à leur vieillesse, et dirent qu'il était bon d'avoir quelque chose pour ses vieux jours.

Le prince se leva de son lit et y fit coucher Gerda : il ne pouvait faire plus. Elle joignit ses petites mains et songea : « Que les gens et les animaux sont bons ! » et elle ferma les yeux et dormit délicieusement. Tous les rêves revinrent en volant, cette fois ils avaient l'air d'anges de Dieu, et ils tiraient un petit traîneau, où Kay était assis et faisait des signes de tête, mais ce n'était là qu'une rêverie, qui disparut aussitôt qu'elle fut réveillée.

Le lendemain elle fut habillée de soie et de velours des pieds à la tête ; on lui offrit de rester

1. Louèrent : complimentèrent.
2. Charge : emploi.

au château où elle aurait des jours heureux, mais elle ne demanda qu'une petite voiture avec un cheval, et une paire de petits souliers pour s'en aller par le vaste monde et trouver Kay.

Et elle eut des souliers et un manchon[1] ; elle fut très joliment vêtue et, quand elle fut prête à partir, un carrosse neuf d'or pur attendait à la porte ; les armes[2] du prince et de la princesse y brillaient comme une étoile ; cocher, domestiques et postillons[3], car il y avait aussi des postillons, portaient des livrées[4] brodées de couronnes d'or. Le prince et la princesse la menèrent eux-mêmes à la voiture et lui souhaitèrent bonne chance. La corneille apprivoisée, mariée maintenant, l'accompagna les trois premières lieues[5] ; elle se mit à côté d'elle, car elle ne pouvait supporter d'aller à reculons ; l'autre corneille était à la porte et battait des ailes, elle devait rester parce qu'elle avait mal à la tête depuis qu'elle avait une charge à la cour et trop à manger. Le carrosse était bourré à l'intérieur de craquelins[6] sucrés, et dans la caisse du siège il y avait des fruits et des pains d'épice.

1. Manchon : pièce de tissu ou de fourrure dans laquelle on glisse ses mains pour les protéger du froid.
2. Arme : signe de reconnaissance d'une famille.
3. Postillon : conducteur de voiture à cheval.
4. Livrée : vêtement des domestiques.
5. Lieue : ancienne mesure de distance qui équivaut à environ 4 kilomètres.
6. Craquelin : biscuit dur qui craque sous la dent.

– Adieu, adieu ! crièrent le prince et la princesse.

La petite Gerda pleura, et la corneille pleura… ainsi furent parcourues les trois premières lieues ; alors la corneille aussi dit adieu, et ce fut une séparation bien pénible ; elle s'envola dans un arbre et battit de ses ailes noires tant qu'elle put voir le carrosse, qui rayonnait comme le soleil.

5

La petite fille de brigand

On roulait à travers la forêt sombre, mais le carrosse luisait comme un flambeau, cela blessa les yeux des brigands, ils ne pouvaient tolérer cela.

– C'est de l'or, c'est de l'or, crièrent-ils.

Ils se précipitèrent, arrêtèrent les chevaux, massacrèrent les petits jockeys[1] et les domestiques, et tirèrent de la voiture la petite Gerda.

– Elle est grasse, elle est gentille, elle est engraissée au pain d'épice, dit la vieille femme de brigand, qui avait une barbe en broussaille et des sourcils pendant jusque sur ses yeux. C'est comme un agneau gras, ça sera bon à manger.

Et elle tira son couteau affilé[2], qui brilla terriblement.

– Aïe, dit la femme aussitôt.

Elle venait d'être mordue à l'oreille par sa propre

1. Jockey : jeune domestique chargé de conduire une voiture à cheval.
2. Affilé : tranchant.

fillette qu'elle portait sur son dos, et qui était sauvage et mal élevée à souhait.

– Vilaine enfant ! dit la mère, qui n'eut pas le temps de tuer Gerda.

– Elle jouera avec moi, dit la fille de brigand. Elle me donnera son manchon et sa belle robe, et elle couchera dans mon lit.

Et elle mordit de nouveau, et la femme sauta en l'air et tourna en rond, et tous les brigands se mirent à rire, disant :

– Regardez comme elle danse avec sa petite !

– Je veux aller dans le carrosse, dit la fille de brigand.

Et ce qu'elle voulait, elle le voulait bien, car elle était tenace et très gâtée. Elle et Gerda prirent place dans la voiture et s'enfoncèrent plus loin dans la forêt, cahotées par des souches[1] et des broussailles. La fille de brigand était aussi grande que Gerda, mais plus forte, plus large d'épaules, et brune de peau ; ses yeux étaient tout à fait noirs et avaient un air presque désolé. Elle prit la petite Gerda par la taille et dit :

– On ne te tuera pas tant que je ne serai pas fâchée avec toi. Tu es sûrement une princesse ?

– Non, dit la petite Gerda, et elle raconta tout ce qu'il lui était arrivé, et combien elle aimait le petit Kay.

1. Souche : ce qui reste d'un tronc quand l'arbre a été coupé.

La fille de brigand la regardait d'un air grave, elle fit un léger signe de tête, et dit :

– Ils ne te tueront pas, même si je suis fâchée avec toi, dans ce cas-là, je le ferai bien moi-même.

Et elle essuya les yeux de Gerda, et fourra ses deux mains dans le beau manchon, qui était si doux et si chaud.

Le carrosse s'arrêta ; elles étaient au milieu de la cour d'un château de brigands, tout lézardé[1] du haut en bas, corbeaux et corneilles s'envolaient de tous les trous, et les deux grands bouledogues[2], qui avaient l'air de pouvoir chacun avaler un homme, sautaient par grands bonds, mais n'aboyaient pas, car c'était défendu.

Dans la grande vieille salle enduite[3] de suie, un grand feu était allumé au milieu du dallage ; la fumée s'accumulait sous le plafond et devait se chercher elle-même une issue ; une grande marmite de soupe bouillait, et l'on tournait la broche avec des lièvres et des lapins.

– Tu vas dormir avec moi cette nuit près de mes petits animaux, dit la fille de brigand.

Elles eurent à manger et à boire, puis allèrent dans un coin où il y avait de la paille et des couvertures. Au-dessus d'elles, sur des lattes et des barreaux, étaient près de cent pigeons qui avaient

1. Lézardé : fendu.
2. Bouledogue : chien au corps puissant.
3. Enduite : recouverte

tous l'air de dormir, mais ils tournèrent légèrement la tête à l'arrivée des fillettes.

– Ils sont tous à moi, dit la fille de brigand, et elle en attrapa un des plus proches, le tint par les pattes et le secoua, ce qui le fit battre des ailes.

– Embrasse-le ! cria-t-elle en le jetant à la figure de Gerda. Là, ce sont les canailles de la forêt, continua-t-elle en montrant une quantité de barreaux qui fermaient un trou placé haut dans le mur. Ce sont les canailles de la forêt, ces deux-là, ils s'envolent tout de suite et disparaissent, si on ne les a pas bien enfermés. Et ici, c'est mon vieux chéri, Bê !

Et, elle tira par les cornes un renne qui portait au cou un anneau de cuivre poli, et qui était attaché.

– Nous devons bien le tenir, lui aussi, sans quoi il bondit et s'en va.

– Tous les soirs je lui caresse le cou avec mon couteau affilé, dont il a si peur.

Et d'une fente du mur, la fillette tira un long couteau qu'elle fit glisser sur le cou du renne ; la pauvre bête ruait[1] et la fille de brigand riait ; puis elle tira Gerda qui tomba sur le lit.

– Vas-tu garder le couteau en dormant ? demanda Gerda, qui regardait cette lame avec crainte.

– Je dors toujours avec mon couteau, dit la fille de brigand. On ne sait jamais ce qui peut arriver.

1. Ruait : lançait vivement les pattes arrière.

Mais raconte-moi encore ce que tu disais tout à l'heure du petit Kay, et pourquoi tu es partie dans le vaste monde.

Et Gerda reprit son récit, et les pigeons de la forêt roucoulaient là-haut, dans leur cage, les autres dormaient.

La fille de brigand passa son bras autour du cou de Gerda, tout en tenant le couteau de l'autre main, et s'endormit ; on pouvait l'entendre ; mais Gerda ne put fermer les yeux, elle ne savait si elle allait vivre ou mourir. Les brigands étaient assis autour du feu, ils chantaient et buvaient, et la vieille femme faisait des culbutes. Oh, c'était affreux à voir pour la fillette. Alors les pigeons des bois dirent :

– Crou, crou ! nous avons vu le petit Kay. Une poule blanche portait son traîneau, il était assis dans la voiture de la Reine des Neiges, qui volait bas au-dessus de la forêt, quand nous étions au nid ; elle a soufflé sur nous autres petits, et tous sont morts, sauf nous deux ; crou, crou !

– Que dites-vous là-haut ? demanda Gerda. Où allait la Reine des Neiges ? Pouvez-vous le dire ?

– Elle allait sûrement en Laponie[1], où il y a toujours de la neige et de la glace. Tu n'as qu'à interroger le renne attaché à la corde.

– Il y a de la neige et de la glace, dit le renne, c'est

1. Laponie : région d'Europe du Nord couvrant une partie de la Norvège, de la Finlande, de la Suède et de la Russie.

agréable et bon ! et l'on saute librement dans les grandes vallées blanches ; c'est là que la Reine des Neiges a sa tente d'été, mais son château est là-haut vers le pôle Nord, dans l'île qu'on appelle Spitzberg.

– Oh, Kay, petit Kay, soupira Gerda.

– Tu vas te tenir tranquille, hein ! dit la fille de brigand, sans quoi tu auras mon couteau dans le ventre !

Le matin, Gerda lui raconta tout ce qu'avaient dit les pigeons des bois, et la fille de brigand eut un air grave, mais elle hocha la tête et dit :

– Ça m'est égal, ça m'est égal… Sais-tu où est la Laponie ? demanda-t-elle au renne.

– Qui le saurait mieux que moi ? dit l'animal, dont les yeux brillèrent. C'est là que je suis né, que j'ai bondi sur les champs de neige !

– Écoute, dit la fille de brigand à Gerda, tu vois que tous nos hommes sont partis, mais la mère est encore ici ; seulement, plus tard dans la matinée, elle va boire à la grande bouteille, après quoi elle fera un petit somme…, alors, je ferai quelque chose pour toi.

Elle sauta du lit, se précipita au cou de sa mère, lui tira les moustaches, et dit :

– Bonjour, mon gentil bouc à moi !

Et la mère lui donna dans le nez une chiquenaude[1] qui le rendit rouge et bleu, mais ce n'était qu'une marque d'amour.

1. Chiquenaude : pichenette.

Lorsque la mère eut bu à sa bouteille et se fut endormie, la fille de brigand s'approcha du renne et dit :

– J'aurais bien envie de te chatouiller souvent encore avec le couteau affilé, car tu es alors si amusant mais, peu importe, je vais te détacher et t'aider à sortir, afin que tu puisses courir en Laponie, mais il faut que tu ailles grand train et que tu me conduises cette petite fille au château de la Reine des Neiges, où est son camarade de jeu. Tu as bien entendu ce qu'elle a raconté, car elle parlait assez haut, et tu écoutes tout !

Le renne bondit de joie. La fille de brigand souleva la petite Gerda et eut la précaution de bien l'attacher, et même de l'asseoir sur un petit coussin.

– Ça m'est égal, dit-elle, tu as tes souliers fourrés, car il fera froid, mais le manchon, je le garde, il est trop joli. Tu n'auras tout de même pas froid, voilà les grandes moufles de ma mère, elles montent jusqu'au coude ; entre-moi là-dedans !... Voilà que, par les mains, tu ressembles à ma vilaine mère. Et Gerda versait des larmes de joie.

– Je n'aime pas te voir pleurnicher, dit la fille de brigand. Tu devrais être contente, maintenant ! Et tu as là deux pains et un jambon, tu n'auras pas faim.

Le tout fut attaché sur le renne ; la fille de brigand ouvrit la porte, attira tous les grands chiens dans la salle, puis coupa la corde avec son couteau et dit au renne :

– Allons, cours ! Mais veille bien sur la petite fille !

Et Gerda tendit les mains, avec les grandes moufles, vers la fille de brigand et dit adieu, et le renne détala[1], par-dessus buissons et souches, à travers la grande forêt, franchit marais et plaines, de toutes ses forces. Les loups hurlaient, les corbeaux croassaient. Et le ciel parla aussi : « Pfut ! Pfut ! » On aurait dit qu'il éternuait rouge.

– Ce sont mes vieilles aurores boréales[2], dit le renne ; vois, quelles lueurs !

Et il courut encore plus fort, nuit et jour ; les pains furent mangés, le jambon aussi, et l'on fut en Laponie.

1. Détala : s'enfuit.
2. Aurores boréales : lueurs caractéristiques des régions du Nord précédant le lever du soleil.

6

La Lapone et la Finnoise

Ils s'arrêtèrent près d'une petite maison. Elle était bien misérable, avec son toit qui descendait jusqu'à terre et sa porte si basse que la famille devait ramper sur le ventre quand elle voulait sortir ou entrer. Il n'y avait là qu'une vieille Lapone qui cuisait du poisson sur une lampe à l'huile de morue, et le renne raconta toute l'histoire de Gerda, mais d'abord la sienne, car elle lui paraissait beaucoup plus importante, et Gerda était tellement engourdie par le froid qu'elle ne pouvait parler.

– Ah, pauvres de vous ! dit la Lapone, il vous faut courir encore bien loin ! Vous avez plus de cent lieues à faire pour aller dans le Finnmark[1], car c'est là que la Reine des Neiges a sa maison de campagne, et que les aurores boréales s'allument tous les soirs. J'écrirai quelques mots sur de la morue séchée, je n'ai pas de papier, je vous donnerai ça

1. Finnmark : région située dans le nord de la Norvège.

pour la Finnoise[1], là-haut, elle pourra vous renseigner mieux que moi.

Et lorsque Gerda se fut réchauffée et qu'elle eut bu et mangé, la Lapone écrivit quelques mots sur de la morue séchée, recommanda à Gerda d'en prendre bien soin, et l'attacha solidement sur le renne, qui partit d'un bond. Pfut ! Pfut ! En haut, dans l'air, jaillirent de délicieuses aurores boréales bleues..., et l'on arriva au Finnmark, et l'on frappa à la cheminée de la Finnoise, car elle n'avait même pas de porte.

La chaleur était telle, chez la Finnoise, qu'elle-même était presque toute nue ; elle était petite et très sale ; elle déshabilla tout de suite la petite Gerda, lui ôta ses moufles et ses souliers, car elle aurait eu trop chaud, elle mit un morceau de glace sur la tête du renne, puis elle lut ce qui était écrit sur la morue séchée ; elle le lut trois fois, si bien qu'elle le sut par cœur, après quoi elle jeta la morue dans la marmite, car ça se mange, jamais elle ne laissait rien se perdre. Alors le renne raconta d'abord son histoire, puis celle de la petite Gerda, et la Finnoise cligna de ses yeux intelligents, mais ne dit rien.

– Tu es habile, dit le renne, je sais que tu peux attacher tous les vents du monde avec un fil ; si le capitaine de navire défait un nœud, il a bon vent,

1. Finnois : habitant de la Finlande.

s'il en défait un second, la brise est forte et, s'il défait le troisième et le quatrième, il a une tempête à renverser des forêts. Ne veux-tu pas donner à la petite fille une boisson qui lui donnera la force de vingt hommes et lui permettra de l'emporter sur la Reine des Neiges ?

– La force de vingt hommes, dit la Finnoise, oui, ça suffira bien !

Elle alla prendre sur une tablette une grande peau roulée, qu'elle déroula ; des lettres bizarres étaient écrites dessus ; la femme lut, et des gouttes perlèrent sur son front.

Et le renne l'implora[1] de nouveau pour la petite Gerda, et Gerda regarda la Finnoise avec des yeux si suppliants que la femme cligna encore des siens et entraîna le renne dans un coin, où, tout en lui mettant un nouveau morceau de glace sur la tête, elle lui dit à voix basse :

– Le petit Kay est en effet chez la Reine des Neiges et y trouve tout à son goût et à son idée ; il croit qu'il est dans la meilleure partie du monde ; mais cela vient de ce qu'il a reçu un éclat de verre dans le cœur et une poussière de verre dans l'œil ; il faut qu'il en soit d'abord débarrassé, sans quoi il ne deviendra jamais un homme, et la Reine des Neiges conservera son pouvoir sur lui.

– Mais ne peux-tu pas donner à la petite Gerda

1. Implora : supplia.

quelque mixture[1] avec quoi elle pourrait avoir prise sur tout cela ?

– Je ne peux pas lui procurer un pouvoir plus grand que celui qu'elle a déjà. Ne vois-tu pas comme il est grand ? Ne vois-tu pas comme les gens et les animaux doivent la servir, comment, les pieds nus, elle a si bien fait son chemin. Il ne faut pas qu'elle accroisse par nous son pouvoir, qui réside dans son cœur. Il consiste en ce qu'elle est une douce enfant innocente. Si elle ne peut pas elle-même parvenir à la Reine des Neiges et extirper[2] le verre du petit Kay, nous n'y pouvons rien. À deux lieues d'ici commence le jardin de la Reine des Neiges, tu peux y porter la fillette, dépose-la près du grand buisson qui est là dans la neige avec ses baies rouges, ne perds pas ton temps à bavarder, et dépêche-toi de revenir.

Et la Finnoise prit la petite Gerda pour la mettre sur le renne, qui courut de toutes ses forces.

– Oh, je n'ai pas mes souliers ! je n'ai pas mes moufles ! cria la petite Gerda.

Elle venait de s'en apercevoir au froid cuisant[3], mais le renne n'osa pas s'arrêter, il courut jusqu'à ce qu'il fût arrivé au grand buisson à baies rouges ; là, il déposa Gerda, lui donna un baiser sur la bouche, et de grosses larmes coururent sur les joues

1. Mixture : potion.
2. Extirper : enlever.
3. Cuisant : vif.

de l'animal, puis il courut le plus vite qu'il put pour s'en retourner. La pauvre Gerda resta sans souliers ni gants en plein Finnmark terrible et glacial.

Elle courut en avant tant qu'elle put ; alors s'avança un vrai régiment de gros flocons de neige ; mais ils ne tombaient pas du ciel, qui était très clair et où brillait une aurore boréale ; les flocons couraient à ras de terre et, plus ils approchaient, plus ils grossissaient ; Gerda se rappelait combien ils lui avaient paru gros et parfaits lorsqu'elle les avait regardés dans la loupe, mais ils étaient ici autrement grands et terribles, ils étaient vivants, ils étaient les avant-postes[1] de la Reine des Neiges, ils prenaient les formes les plus étranges ; les uns avaient l'air de grands hérissons affreux, d'autres semblaient des paquets de serpents qui avançaient leurs têtes, et d'autres étaient comme des petits ours rebondis, au poil brillant, tous étaient d'une blancheur éclatante, tous étaient flocons de neige vivants.

Alors la petite Gerda dit son Notre Père, et le froid était si intense qu'elle pouvait voir sa propre haleine qui lui sortait de la bouche à l'état d'épaisse fumée ; cette haleine devint de plus en plus dense et devint des petits anges lumineux, qui grandirent à mesure qu'ils touchèrent terre ; et tous avaient

1. Avant-poste : militaire chargé de la défense d'un territoire et placé pour cette raison aux postes avancés.

casque sur la tête, écu et lance dans les mains; leur nombre allait croissant et, lorsque Gerda eut achevé son Notre Père, ils furent toute une légion[1] autour d'elle; de leurs lances ils percèrent les horribles flocons, qui éclatèrent en cent morceaux, et la petite Gerda s'avança d'un pas sûr et intrépide. Les anges lui tapotèrent les pieds et les mains, elle sentit moins combien il faisait froid, et elle se dirigea rapidement vers le château.

Mais nous devons d'abord voir où en est Kay. Il ne pensait guère à la petite.

1. Légion : ici, un grand nombre.

7

Ce qui avait eu lieu au château de la Reine des Neiges et ce qui eut lieu ensuite

Les murs du château étaient faits de poussière de neige, et les fenêtres et les portes, de vents aigres[1] ; il y avait plus de cent salles, formées par les tourbillons de la neige, la plus grande avait des lieues de long, toutes étaient illuminées d'aurores boréales, elles étaient grandes, vides, glaciales et lumineuses. Jamais aucun plaisir ici, pas même le moindre bal d'ours, où la tempête aurait pu souffler et les ours blancs marcher sur leurs pattes de derrière et montrer des manières distinguées ; jamais la moindre réunion de jeu où l'on se dispute et bat des mains ; jamais la moindre séance de bavardage autour du café de ces demoiselles les renardes blanches ; les salles de la Reine des Neiges étaient vides, grandes et froides. Les aurores boréales y luisaient si exac-

1. Aigres : froids et mordants.

tement que l'on pouvait prévoir le moment où leur lumière était la plus vive et celui où elle l'était le moins. Au centre de l'immense salle de neige nue était un lac gelé ; la glace était brisée en mille morceaux, mais chaque morceau était tout pareil aux autres, c'était une vraie merveille ; et au milieu du lac siégeait la Reine des Neiges, quand elle était chez elle, et elle disait qu'elle trônait sur le miroir de la raison, qui était unique et le meilleur de ce monde.

Le petit Kay était tout bleu de froid, presque noir, mais il ne s'en apercevait pas, car le baiser de la Reine des Neiges lui avait enlevé le frisson du froid, et son cœur était, autant dire, un bloc de glace. Il circulait et prenait des morceaux de glace plats et coupants, qu'il disposait de toutes les manières, car il voulait arriver à un résultat ; c'était comme lorsque nous avons de petites plaques de bois découpées dont nous formons des figures que l'on appelle jeux chinois. Kay aussi formait des figures, et très compliquées, c'était le « jeu de glace de la raison » ; à ses yeux ces figures étaient remarquables et de la plus haute importance ; l'éclat de verre qu'il avait dans l'œil en était cause ! il composait des figures qui étaient un mot écrit, mais jamais il ne parvenait à tracer le mot que précisément il voulait, le mot : *Éternité*, et la Reine des Neiges lui avait dit : « Si tu peux me le composer, tu seras ton propre maître et je te donnerai le monde entier et une paire de patins neufs. » Mais il ne pouvait pas. Je vais m'envoler vers les pays chauds, dit la Reine des Neiges, je veux jeter un coup d'œil dans les marmites noires. Elle parlait des montagnes qui crachent du feu, qu'on appelle l'*Etna* et le *Vésuve*[1]. Je vais les blanchir un peu; ça fait partie du voyage; cela fera bien sur les citronniers et les vignes. Et la Reine des Neiges s'envola, et Kay resta tout seul dans la salle de glace vide, longue de nombreuses lieues; il regardait ses morceaux de glace, il réfléchissait profondément, à en éclater, il demeurait immobile et raide, on aurait cru qu'il était mort de froid. Ce fut alors que la petite Gerda entra dans le château par la grande porte, qui était de vents aigres; mais Gerda récita sa prière du soir, les vents tombèrent comme s'ils voulaient dormir, et elle pénétra dans les grandes salles vides… et elle aperçut Kay, le reconnut, lui sauta au cou, le tint serré dans ses bras, et cria: « Kay, mon gentil petit Kay, je t'ai donc retrouvé ! » Mais lui resta immobile, raide et froid… et Gerda pleura de chaudes larmes, elles tombèrent sur la poitrine du garçon, parvinrent à son cœur, y firent fondre le bloc de glace, entraînèrent l'éclat de verre qui s'était logé là; Kay la regarda et elle chanta le psaume:

1. Etna et Vésuve: volcans situés en Italie.

Dans les vallées poussent les roses.
L'Enfant Jésus y vient et cause.

Alors Kay versa aussi des larmes, il en versa tellement que la poussière de verre coula de ses yeux, il reconnut Gerda et déborda de joie :

– Gerda ! gentille petite Gerda !... où donc as-tu été depuis si longtemps ? Et où ai-je été ? Et il regarda autour de lui. Comme il fait froid ici ! comme c'est grand et vide !

Et il se tint serré contre Gerda, et elle riait et pleurait de joie ; leur bonheur était si parfait que même les morceaux de glace se mirent à danser de joie autour d'eux et, lorsqu'ils furent fatigués et s'arrêtèrent, ils formèrent précisément le mot que la Reine des Neiges avait dit à Kay de composer ; il était donc son propre maître, et elle devait lui donner le monde entier et une paire de patins neufs.

Et Gerda lui baisa les joues, qui devinrent roses ; elle lui baisa les yeux, qui brillèrent comme les siens, elle baisa ses mains et ses pieds, et il fut alerte et fort. La Reine des Neiges pouvait bien rentrer chez elle ; il avait sa lettre de franchise[1] écrite en brillants morceaux de glace.

Et tous deux se donnèrent la main et sortirent du grand château ; ils parlaient de la grand-mère et des rosiers qui poussaient sur le toit ; et sur leur par-

1. Lettre de franchise : lettre par laquelle un seigneur rend sa liberté à un serviteur.

cours les vents ne soufflaient pas du tout et le soleil se montrait ; et, lorsqu'ils parvinrent au buisson à baies rouges, le renne était là qui les attendait ; il avait avec lui une jeune femelle dont le pis était plein, elle donna son lait chaud aux deux enfants et les baisa sur la bouche. Et les rennes portèrent Kay et Gerda d'abord chez la Finnoise, où ils se réchauffèrent dans la cabane et furent renseignés sur le chemin du retour, puis chez la Lapone qui leur avait cousu des vêtements neufs et avait préparé son traîneau.

Les deux rennes bondissaient à leurs côtés et les accompagnèrent jusqu'à la limite du pays, à l'endroit où perçaient les premiers bourgeons verts ; là, les enfants prirent congé des rennes et de la Lapone. « Adieu ! » dirent-ils tous. Les premiers petits oiseaux gazouillaient, la forêt commençait à verdir, et Gerda en vit sortir un magnifique cheval qu'elle connaissait, car il avait été attelé au carrosse d'or, et il était monté par une jeune fille coiffée d'un bonnet rouge éclatant, qui avait des pistolets devant elle ; c'était la petite fille de brigand ; elle en avait eu assez d'être chez elle, et voulait voyager d'abord dans le Nord, et ensuite ailleurs, si le Nord ne lui plaisait pas. Elle reconnut tout de suite Gerda, et Gerda la reconnut, ce fut une joie.

– Tu es drôle à trottiner comme ça, dit la fille de brigand à Kay ; je me demande si tu mérites que l'on coure au bout du monde pour toi !

Gerda lui tapota la joue et la questionna sur le prince et la princesse.

– Ils sont partis à l'étranger, dit la fille de brigand.

– Et la corneille ? demanda la petite Gerda.

– La corneille est morte. La fiancée apprivoisée est veuve et porte à la patte un bout de ruban de laine noire ; elle geint lamentablement, et tout ça, c'est des bêtises !... Mais raconte-moi maintenant ton histoire, et comment tu l'as retrouvé.

Et Gerda et Kay racontèrent tous les deux.

– Et voilà l'histoire finie, dit la fille de brigand.

Elle leur serra la main à tous deux et promit que, si elle passait un jour par leur ville, elle monterait leur faire une visite, puis elle s'en fut à cheval dans le vaste monde, et Kay et Gerda marchèrent la main dans la main, et ils avançaient dans un délicieux printemps verdoyant et fleuri ; les cloches des églises sonnaient, et ils reconnurent les hautes tours, la grande ville, c'était la ville qu'ils habitaient, ils y entrèrent, arrivèrent à la porte de la grand-mère, montèrent l'escalier, ouvrirent la chambre, où tout se trouvait à la même place qu'auparavant, et la pendule disait : « dik ! dik ! » et l'aiguille tournait ; mais, au moment où ils franchirent la porte, ils s'aperçurent qu'ils étaient devenus grandes personnes. Les rosiers placés sur le chéneau[1] fleurissaient dans la fenêtre ouverte,

1. Chéneau : collecteur d'eau alimentant les gouttières.

et il y avait là deux petits sièges d'enfants, et Kay et Gerda s'assirent chacun sur le sien en se tenant par la main, ils avaient oublié comme un rêve pénible la froide et vide splendeur du château de la Reine des Neiges. La grand-mère était assise à la lumière du soleil de Dieu et lisait à haute voix dans la Bible : « Si vous ne devenez pas comme des enfants, vous n'entrerez pas dans le royaume de Dieu. »

Et Kay et Gerda se regardèrent dans les yeux et comprirent soudain le vieux psaume :

Dans les vallées poussent les roses.
L'Enfant Jésus y vient et cause.

Ils étaient assis là, tous deux, grandes personnes et tout de même enfants, enfants par le cœur, et c'était l'été, l'été chaud et béni.

Carnet de lecture

Qui êtes-vous, monsieur Andersen ?

Une destinée de conte de fées

Quand Hans Christian Andersen, à l'âge de cinquante ans, prend la plume pour écrire son autobiographie, il choisit de lui donner pour titre *Le Conte de ma vie*. C'est dire si l'écrivain a conscience d'avoir vécu une existence extraordinaire, digne des ouvrages les plus féeriques. En effet, rien ne prédestinait ce fils d'un cordonnier et d'une lavandière des plus pauvres à être reçu un jour à la table des grands de ce monde et à la cour des monarques les plus puissants d'alors. Qui aurait pu prédire que ce jeune garçon qui n'était pas fait pour les études deviendrait un jour un auteur célèbre, reconnu et traduit dans pas moins de cent soixante-treize langues ?

Né en 1805 dans la petite ville d'Odense, au sud du Danemark, Andersen connaît une enfance à bien des égards modeste, à l'image des enfants héros de *La Reine des Neiges*. Très tôt, on le met en apprentissage chez un tailleur pour qu'il gagne son pain. Cependant, une représentation donnée dans sa ville natale par le Théâtre royal de Copenhague, alors qu'il n'est âgé que de douze ans, va décider de son avenir : il sera homme de lettres. À quatorze ans, avec seulement dix rixdales en poche (environ cinq euros actuels) et la prédiction prometteuse d'une voyante, Andersen gagne la capitale pour tenter sa chance et faire fortune.

La métamorphose du «vilain petit canard»

Le futur écrivain connaît des débuts difficiles: sa première pièce de théâtre, une tragédie, ne plaît guère à son entourage proche. Il doit reprendre le chemin de l'école, sous les moqueries de ses camarades de classe bien plus jeunes que lui. Andersen persévère néanmoins. Grâce à sa combativité et à son inépuisable sens de l'humour, il surmonte ses épreuves et parvient à publier, en 1828, son premier livre intitulé *Voyage à pied de Holmen à l'extrême est de Amager*. Il s'agit du récit humoristique d'un périple d'à peine quelques kilomètres, qui lui vaut l'attribution d'une bourse. Mais l'insuccès d'une pièce de théâtre et une déception amoureuse le décident, l'année suivante, à partir à la découverte du vaste monde.

À vingt-six ans, il parcourt de nombreux pays d'Europe. Fait surprenant dans un temps où l'on voyage encore peu, il pousse jusqu'en Turquie et séjourne plus de neuf années en tout hors des frontières de son pays. C'est l'occasion pour lui de faire la connaissance de grands artistes contemporains, comme Victor Hugo ou Charles Dickens, et d'être convié par les têtes couronnées des pays qu'il traverse. Sa passion des voyages ne lui fait pas oublier la littérature. En chemin, il ne cesse d'écrire : des poèmes, un roman et un premier recueil de contes qui voit le jour en 1835.

Enfin célèbre !

À partir des années 1840, Andersen est considéré comme un auteur de premier ordre. Il doit surtout cette nouvelle popularité à ses contes, cent cinquante-six histoires au total qu'il destinait avant tout aux enfants mais qui lui ouvrent une large reconnaissance littéraire. En 1844, *La Reine des Neiges* fait date : c'est l'un des récits les plus longs donnés par le conteur à ses lecteurs, pourtant il lui a fallu tout juste cinq jours pour lui donner forme. Publiés dans tous les pays, ses textes sont très appréciés des adultes. Orateur de talent, il est même invité aux quatre coins de l'Europe pour en donner lecture. Jusqu'en 1873, date à laquelle ses forces déclinent, il s'adonne ainsi à sa passion des voyages et compte parmi les premiers usagers du chemin de fer.

Mais la vraie consécration vient en 1867 : Andersen est invité à l'Exposition universelle de Paris et se voit remettre le titre de « citoyen d'honneur d'Odense », sa ville d'origine. Touché par la considération qu'on lui témoigne, il n'en reste pas moins une nature profondément mélancolique et angoissée. S'il se réjouit de ses succès et du chemin parcouru depuis l'enfance, il se sent aussi résolument seul et poursuivi par le malheur. Lorsqu'il s'éteint le 6 août 1875, après une existence bien remplie, il n'a pas fondé de famille et on ne lui connaît pas de véritable ami intime. Mais il laisse derrière lui une œuvre considérable qui continue de nous enchanter.

L'auteur et ses personnages

À bien des égards, la vie de Hans Christian Andersen a des allures de conte de fées. En retour, ses textes merveilleux sont nourris de son existence et de ses expériences. L'auteur se cache souvent derrière ses créatures de papier. *La Reine des Neiges* parle de la part d'enfance que chaque adulte doit continuer de cultiver en lui, à côté de la raison. L'infatigable petite Gerda, qu'aucune épreuve ne fait renoncer à retrouver le garçon qu'elle aime, rappelle un trait de caractère de l'auteur : malgré les difficultés et les échecs, il a cherché sans relâche à se faire connaître d'un large public. Sous le voile de la fiction apparaît également en filigrane un motif cher à Andersen, celui de l'amour : amour contrarié lorsque s'opposent la raison et le sentiment, respectivement incarnés par les deux enfants du conte ; amour impossible quand la beauté physique cache une laideur d'âme, comme chez les nombreux prétendants de la princesse, chez qui Gerda fait halte.

De leur auteur, les héros des *Contes* tiennent aussi leur goût pour le voyage. Comme lui, jeune garçon emporté sur le traîneau de la Reine des Neiges, petite Gerda en quête de son fugitif, fillette de brigand, tous partent à la découverte de terres inconnues, entamant ainsi leur apprentissage de la vie. Les personnages se révèlent finalement à eux-mêmes et aux autres au terme de leur périple. Le voyage inspire également le décor de certaines histoires. Ainsi, la « petite maison avec de drôles de fenêtres rouges et bleues et un toit de chaume » de la magicienne, à laquelle s'oppose très directement l'immense château aux murs « faits de poussière de neige » de la Reine des Neiges rappelle l'intérêt de l'écrivain pour l'architecture des pays qu'il avait visités.

Récits personnels où l'auteur se met tout entier, les *Contes* d'Andersen n'invitent pas seulement à rêver mais aussi à réfléchir. *La Reine des Neiges* nous en donne maints exemples : de quoi le morceau de miroir déformant venu se planter dans le cœur de Kay, le privant alors de sa capacité à aimer, est-il le symbole ? Quelle fonction occupent les contes et les histoires dont se bercent les fleurs et autre renne ? Comme Gerda, sommes-nous maîtres de nos destins ou embarqués malgré nous sur un cours d'eau trop rapide ? Devons-nous vivre tournés vers le passé, bercés par nos souvenirs ou bien dans l'instant, plongés dans la sensation immédiate que procurent, par exemple, « de délicieuses cerises » posées sur la table de la magicienne ? L'innocence inébranlable de Gerda, l'indifférence à laquelle parvient Kay, la froideur de la Reine des Neiges permettent de s'interroger avec l'auteur sur le rapport aux autres, à notre histoire, sur les liens entre la raison et le cœur, l'enfance et l'âge adulte. Le merveilleux a bien pour fonction de divertir le lecteur mais, au-delà, il constitue une façon détournée de mieux comprendre le réel.

Il était une fois les contes

Petite histoire du genre

L'origine des contes est très ancienne. Au XIIe siècle avant Jésus-Christ, un papyrus égyptien rapporte déjà un récit fabuleux. Pourtant, il faut attendre le Moyen Âge et surtout le XVIIe siècle pour disposer à nouveau de textes écrits illustrant ce genre littéraire.

Cela s'explique par le fait que, durant des siècles, les contes se sont transmis de génération en génération sous forme presque exclusivement orale : on les disait à la veillée, on s'en amusait dans les salons. Considérés comme une littérature mineure, on ne les jugeait pas dignes d'être fixés sur le papier.

Les choses changent à l'époque classique avec l'écrivain français Charles Perrault (1628-1703) qui donne ses lettres de noblesse au genre : *Barbe-Bleue*, *Cendrillon* ou encore *Le Petit Chaperon rouge* deviennent des textes à lire à part entière. Un siècle plus tard, en Allemagne, les frères Jacob et Wilhelm Grimm se lancent dans une entreprise assez semblable. Ils publient entre 1812 et 1815 les *Contes d'enfants et du foyer* où l'on trouve, parmi les plus célèbres, *Hänsel et Gretel* et *Blanche-Neige*. Au XIXe siècle, le genre s'enrichit. Des auteurs comme Maupassant ou Mérimée, en France,

explorent d'autres directions : … t
celle du conte réaliste, qui puis… une
vie quotidienne familière aux lec…

Cependant, le XXe siècle renc… adition des contes en les combinant à d'… : dans les années 1950, plusieurs adaptations de *La Reine des Neiges* voient le jour et les studios Walt Disney réalisent un film d'animation en 3D, inspiré du conte, qui sort sur les écrans en 2013.

Andersen, à qui sa grand-mère, racontait de vieilles légendes danoises lorsqu'il était enfant, a sans doute puisé dans ce fonds pour écrire ses histoires. D'ailleurs, il rend hommage à cette figure de conteuse à travers l'aïeule aimante du petit Kay, dont l'enfance a été bercée d'histoires. Mais l'auteur a également enrichi la tradition en y ajoutant sa touche personnelle, quand il ne l'a pas totalement renouvelée en faisant appel à son imagination fertile. Voilà pourquoi ses contes ont marqué l'histoire littéraire du genre.

À quoi reconnaît-on un conte ?

Une des premières caractéristiques d'un conte est d'être un récit court. C'est le cas de *La Reine des Neiges* : l'adolescence de Gerda et de Kay aurait pu fournir la matière d'un long roman, mais Andersen la condense en une dizaine de pages. Autre caractéristique du genre : les héros y sont peu décrits et obéissent à une représentation schématique. Ainsi la Reine des Neiges est « belle et charmante, mais de glace, brillante, aveuglante » ; la fille de brigand est qualifiée de « sauvage et mal élevée à souhait » ; Gerda, de son côté, se voit affublée de « cheveux blonds ravissants », d'« un petit visage aimable, qui était rond et ressemblait à une rose ». Enfin, le genre du conte se soucie peu de vraisemblance : il se situe dans une sorte de hors-temps qui le rend universel. Chacun peut ainsi s'identifier aux protagonistes de *La Reine des Neiges* et en déchiffrer la leçon.

Car si le conte raconte une histoire relativement simple, il contient aussi des enseignements que le lecteur doit s'efforcer de comprendre. Ainsi la moralité de *La Reine des Neiges* n'est pas exprimée en toutes lettres ; au lecteur, à la suite de Kay et Gerda, de pénétrer le sens du vieux psaume : « *Dans les vallées poussent les roses. / L'Enfant Jésus y vient et cause.* »

Andersen ou l'art de conter

Un conte à écouter...

L'auteur de *La Reine des Neiges* rassemble dans son texte plusieurs tendances du conte. L'histoire plonge ses racines dans un folklore ancien comme en témoigne notamment l'évocation des froides contrées de l'Europe du Nord, fidèle à la tradition populaire scandinave. Les onomatopées qui émaillent son écriture rappellent que le conte était fait d'abord pour être dit : la corneille fait « kra ! kra ! » pour rendre ses hommages à Gerda ; quant à l'horloge, son « dik ! dik ! » indique que l'aiguille ne cesse de tourner... Et ce ne sont pas seulement les animaux ou les objets que l'on entend dans l'histoire, c'est aussi le conteur lui-même réclamant l'attention de ses lecteurs au début du récit : « Écoutez maintenant », ou commentant le déroulement même de la narration : « Mais nous devons d'abord voir où en est Kay. » Cette vivacité, qui n'exclut pas parfois une tonalité plus sombre, fait en partie l'originalité d'Andersen.

On retrouve aussi dans ce conte l'amour de l'auteur pour le théâtre à travers un sens naturel de la mise en scène. D'une part, il accorde une attention toute particulière aux décors de son récit, comme le prouvent, par exemple, les descriptions des habitations des enfants, de la Lapone, de la Finnoise… D'autre part, il sait admirablement faire parler ses personnages en un langage imagé et évocateur, à l'exemple du bienveillant renne ou de la truculente fille de brigand. Comme au théâtre, les temps forts de ces histoires deviennent à l'occasion de longs dialogues, tel celui attendrissant et plein de sagesse entre la petite Gerda et la dévouée corneille.

Sept d'un coup

La Reine des Neiges est un conte assez long si l'on se réfère aux règles du genre. Mais cette longueur n'est pas inhabituelle chez d'Andersen, et on la retrouve dans bien d'autres de ses histoires. En revanche, sa construction est inédite sous la plume de l'auteur : c'est un « récit gigogne » qui en cache en réalité plusieurs. En effet, le conte est composé de sept chapitres nettement distingués par des titres. Le premier joue un rôle particulier. En effet, « Qui traite du miroir et de ses morceaux » prend les allures d'un discours adressé au lecteur : le conteur y anticipe la mésaventure arrivée à Kay quelques pages plus loin et annonce le thème général de l'histoire, où il est question de la vision déformée que les hommes peuvent, malgré eux, se faire de la réalité.

Le conte fonctionne sur le modèle des poupées russes d'une autre façon encore : il propose en son sein divers récits qui ne sont pas pris en charge par le narrateur principal, mais par une série de personnages rencontrés au fil du voyage. Ainsi, au troisième chapitre, chaque fleur raconte sa propre histoire, indifférente à la quête de Gerda qui se désole de ne point entendre nommer Kay dans ces récits. De la même façon, le renne qui conduit Gerda chez la Reine des Neiges fait passer le récit de ses propres aventures avant celui de la jeune fille lorsqu'il s'arrête chez la Finnoise. Tout se passe comme si chaque existence, aussi modeste soit-elle, pouvait devenir la matière d'un récit ; comme si le pouvoir de la fiction restait immense sur les esprits, tout adulte qu'on est.

Mille et une leçons

C'est bien l'enfance dont parle, entre autres, *La Reine des Neiges*. Le conte trouve d'ailleurs son unité dans la quête de la jeune Gerda. Celle-ci se lance à la recherche de Kay qui, à la douceur simple et à la naïveté innocente de son amie, a préféré l'insensible raison des sciences et la recherche désabusée de la perfection auprès de la Reine des Neiges. Pour parvenir à ses fins, la fillette est prête à sacrifier ses souliers rouges, symbole peut-être de sa féminité, pour retrouver son camarade de jeux. Dans le même temps, cependant, Gerda se trouve tentée de céder à l'oublieuse insouciance enfantine que lui procure le jardin de la magicienne. À la fin du conte, les deux enfants du début accèdent au statut de « grandes personnes » mais sans renoncer pour autant à l'innocence originelle incarnée par l'Enfant Jésus, mentionné dans le psaume cité par le fervent protestant qu'était Andersen.

La Reine des Neiges apparaît riche de péripéties et de rencontres : la vaillante Gerda se trouve confrontée à de multiples épreuves : elle côtoie des souverains, des animaux doués de parole ou encore des magiciennes étranges. Cependant, l'histoire célèbre aussi un monde simple et une nature généreuse. Ainsi, l'auteur nous rappelle que nous devons faire usage de notre intelligence mais aussi de notre capacité à sentir, c'est-à-dire à éprouver des sensations et exprimer des sentiments. Chez Andersen, le conte n'est pas seulement merveilleux, il devient philosophique : d'une part, on peut en tirer des enseignements pour vivre heureux ; d'autre part, le temps de la lecture, il nous replonge dans l'enfance et nous pousse à cultiver notre imagination.

Table des matières

Histoire d'Aladin
ou la lampe merveilleuse

Anonyme

n° 77

Aladin, le fils du tailleur, n'en croit pas ses oreilles : un mystérieux oncle revenu d'Afrique lui offre de devenir marchand d'étoffes. En échange, Aladin devra s'aventurer dans les profondeurs d'un souterrain pour lui en rapporter une lampe magique. Mais rien ne se passe comme prévu. Prisonnier sous la terre, Aladin parviendra-t-il à maîtriser les pouvoirs de la lampe ?
Un des contes les plus célèbres et les plus envoûtants des *Mille et Une Nuits*.

Contes choisis

Charles Perrault

n° 443

« Hélas ! mes pauvres enfants, où êtes-vous venus ? Savez-vous bien que c'est ici la maison d'un Ogre qui mange les petits enfants ? »
Cruels et drôles, les contes de Perrault nous parlent des dangers qui guettent petits et grands sur le chemin de la vie. Comment échapper au loup ? Les fées décident-elles seules ? Le courage et l'ingéniosité suffisent-ils pour atteindre le bonheur ?

Contes croisés

Quand l'Afrique et l'Europe se répondent

n° 1602

Une tortue qui invite un serpent à dîner... Une sorcière qui prend l'apparence d'un éléphant... Une princesse persécutée par ses rivales... Et si ces contes traditionnels du Bénin faisaient écho à d'autres histoires, plus proches de nous ? À travers les thèmes universels de l'orgueil, de la jalousie, de l'avarice, c'est ici l'Afrique qui dialogue avec La Fontaine, Perrault ou Gripari. Entre humour et sagesse, seize contes croisés dans lesquels les continents se donnent la réplique.

Sindbâd de la mer

Anonyme

n° 516

« Sache que j'ai derrière moi une histoire merveilleuse : j'ai fait sept voyages aussi extraordinaires et stupéfiants les uns que les autres… »
Sindbâd, riche commerçant de Bagdad, a tout pour être heureux. Quelle folie le pousse à tout quitter pour prendre la mer ? Île-baleine, oiseau géant, cannibales : d'innombrables dangers l'attendent sur la route de l'aventure…

Contes choisis

Hans Christian Andersen

n° 686

« Je donnerais les trois cents années que j'ai à vivre pour être personne humaine un seul jour. »
Une sirène prête aux plus grands sacrifices pour vivre parmi les hommes, un soldat de plomb amoureux d'une danseuse de papier, un sapin qui voudrait voyager… Les héros des contes d'Andersen portent tous en eux le même rêve : trouver leur place dans le monde et être aimés. Mais le courage et l'obstination peuvent-ils triompher des lois du destin ?

Le vaillant petit tailleur et autres contes

Grimm

n° 1570

Un petit tailleur qui affronte des géants, deux enfants tombés dans les griffes d'une sorcière, une princesse empoisonnée… Dans le monde impitoyable des frères Grimm, rien ne semble pouvoir triompher de la convoitise et de la cruauté. Mais quand les héros font preuve d'ingéniosité et de courage, même les contes les plus sombres peuvent bien se terminer !

Le papier de cet ouvrage est composé de fibres naturelles, renouvelables, recyclables et fabriquées à partir de bois provenant de forêts gérées durablement.

Mise en pages : Didier Gatepaille

Loi n° 49-956 du 16 juillet 1949
sur les publications destinées à la jeunesse
ISBN : 978-2-07-065629-5
Numéro d'édition : 263334
Dépôt légal : novembre 2013

Imprimé en Espagne par Novoprint (Barcelone)